H. A. REY

traducido por Yanitzia Canetti

Jorge el Curioso
monta en bicicleta

Houghton Mifflin Company, Boston

Library of Congress Catalog Card number 52-8728
RNF ISBN: 0-395-16964-X PAP ISBN: 0-395-17444-9
SPANISH RNF ISBN: 0-618-21615-4 SPANISH PAP ISBN: 0-618-19677-3

Printed in the United States of America
WOZ Third Printing

Éste es Jorge.

Vivía con su amigo, el hombre del sombrero amarillo.
Era un monito bueno y muy curioso.

Esta mañana, Jorge se sintió muy curioso cuando se
levantó porque sabía que era un día especial...

Durante el desayuno, el amigo de Jorge le dijo:

—Hoy vamos a celebrar porque hoy se cumplen exacta-
mente tres años desde que te traje de la jungla a casa. Así
que esta noche te llevaré a un espectáculo de animales. Pero
antes, te tengo una sorpresa.

4

Su amigo lo llevó al patio en donde había una gran caja.
Jorge estaba muy curioso.

Y de la caja salió una bicicleta. Jorge estaba encantado; eso era lo que siempre había querido. Sabía cómo montar bicicleta pero nunca había tenido una propia.

—Ya me debo ir —dijo el hombre—, pero regresaré a tiempo para el espectáculo. Ten cuidado con tu nueva bicicleta, ¡y no te alejes de casa cuando me haya ido!

Jorge sabía montar muy bien. Y sabía hacer incluso todo
tipo de monerías (los monos son buenos para eso).

Por ejemplo, él podía montar así,
con las manos extendidas, sin sujetarse del manubrio,

8

y podía montar así,

como un vaquero sobre un potro salvaje

y además podía montar al revés.

Pero después de un rato, Jorge se cansó de hacer monerías y

9

salió a la calle. El vendedor de periódicos pasaba en ese momento
con su bolsa llena de periódicos. —¡Qué buena bicicleta tienes!
—le dijo a Jorge—. ¿Te gustaría ayudarme a repartir periódicos?

Él le pasó la bolsa a Jorge y le dijo
que repartiera en un lado de la calle
primero y luego regresara para
repartir por el otro lado.

Jorge se sentía muy orgulloso
de ir manejando con su bolsa.

11

12

Comenzó a repartir los
periódicos por un lado de la calle
como le habían dicho.

Cuando llegó a la última casa, vio un
riachuelo a lo lejos. Jorge estaba curioso: quería
saber cómo era el río, así que en vez de regresar
para repartir el resto de los periódicos, siguió de largo.

Había mucho que ver en el río:
un hombre estaba pescando desde el
puente, una familia de patos iba nadando río
abajo y dos chicos estaban jugando con sus
barquitos. A Jorge le hubiera gustado detenerse para ver
los barquitos, pero temía que los chicos se dieran cuenta de
que no había repartido todos los periódicos. Así que siguió.

15

Mientras iba pedaleando, Jorge seguía pensando en los barquitos todo el tiempo. Sería tan divertido tener un barquito, ¿pero cómo podría conseguir uno? Pensó y pensó hasta que se le ocurrió una idea.

16

Se bajó de la bicicleta, sacó un periódico de la bolsa y comenzó a doblarlo.

Primero, dobló las esquinas, así,

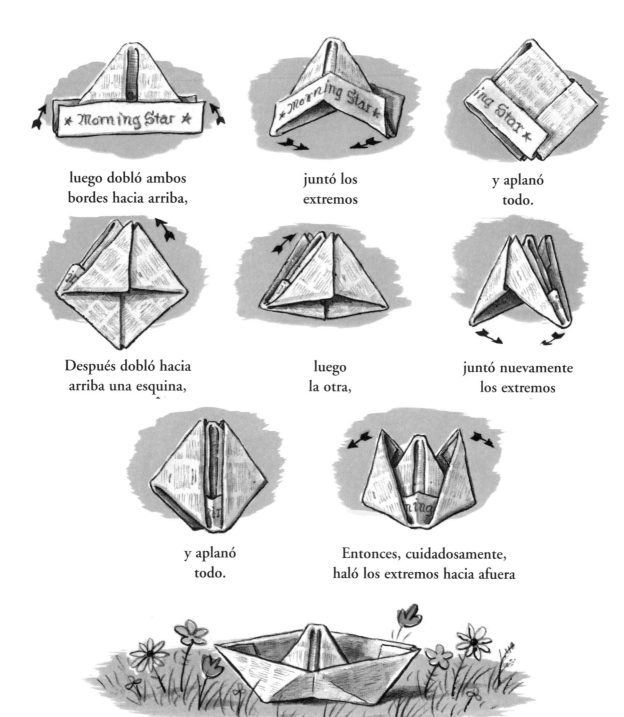

luego dobló ambos
bordes hacia arriba,

juntó los
extremos

y aplanó
todo.

Después dobló hacia
arriba una esquina,

luego
la otra,

juntó nuevamente
los extremos

y aplanó
todo.

Entonces, cuidadosamente,
haló los extremos hacia afuera

¡y logró hacer su BARQUITO!

Había llegado el momento de echar el barquito
al agua. ¿Flotaría? ¡Sí, lo logró!

Entonces Jorge decidió hacer algunos barquitos
más. Al final, había gastado todos los periódicos y
había hecho tantos barquitos que no podía contarlos:
una flota completa.

19

Al observar su flota navegando río abajo,

Jorge se sintió como un almirante. Pero al observar su flota,

a él se le olvidó observar por dónde iba...

20

y de repente sintió una sacudida terrible: la bicicleta chocó contra
una piedra y Jorge salió volando de cabeza por encima del asiento.

Por suerte, no se lastimó, pero la rueda delantera de la bicicleta quedó totalmente deformada y la llanta, toda ponchada.

Jorge trató de montar la bicicleta, pero por supuesto que no lo logró.

Entonces trató de cargarla, pero enseguida notó que era demasiado pesada.

Jorge no sabía QUÉ hacer: su nueva bicicleta

ya no servía y los periódicos se le habían acabado. Se lamentó
de no haber escuchado a su amigo y de haberse alejado de casa.
Ahora sólo podía echarse a llorar...

De pronto, su cara se iluminó. ¡Caramba, se le había olvidado
que él sabía manejar en una sola rueda! Lo intentó y lo logró.

Con trabajo, logró ponerla en marcha otra vez, cuando de
pronto vio algo

que nunca antes había visto: rodando hacia él venía un enorme
tractor con unos enormes vagones detrás. Asomados a los

26

vagones, había toda clase de animales. A Jorge le pareció
un zoológico sobre ruedas. El tractor se detuvo y dos

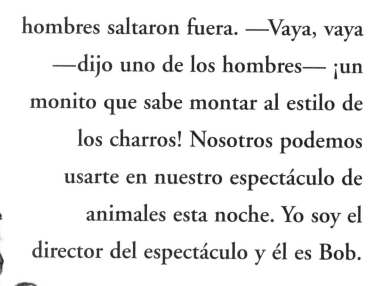

hombres saltaron fuera. —Vaya, vaya —dijo uno de los hombres— ¡un monito que sabe montar al estilo de los charros! Nosotros podemos usarte en nuestro espectáculo de animales esta noche. Yo soy el director del espectáculo y él es Bob.

Él puede enderezar tu rueda y arreglar ese ponche en un ratito, y luego te llevaremos al lugar donde se presentará el espectáculo.

Así que los tres se metieron al camión y arrancaron.

—Quizás podrías tocar una fanfarria mientras montas tu bicicleta en el espectáculo —dijo el director—. Yo tengo una corneta para ti aquí mismo y, más tarde, te pondrás una chaqueta verde y una cachucha como la de Bob.

En la arena del espectáculo, todos estaban muy ocupados
dejando las cosas listas para la función. —Debo hacer algo
ahora —dijo el director—. Mientras tanto tú puedes echarle

30

un vistazo a los alrededores y conocer a todos los animales,
pero no debes alimentarlos, sobre todo al avestruz, porque
ésta come cualquier cosa y después puede que se enferme.

31

Jorge estaba curioso: ¿sería verdad que el avestruz comía
cualquier cosa? Él no se comería una corneta, ¿o sí? Jorge se
acercó un poco más a la jaula y antes de que se diera cuenta,

el avestruz le arrebató la corneta y trató de tragársela.
Pero es difícil tragarse una corneta, incluso para un
avestruz; ésta se le atoró en la garganta. ¡Qué chistosos
eran los sonidos que salían
de la corneta mientras el
avestruz luchaba por comérsela,
con toda su cara azul!

Jorge estaba asustado.

Por suerte los hombres habían escuchado el escándalo.
Ellos acudieron corriendo a la jaula y lograron sacar la corneta
de la garganta del avestruz justo a tiempo.

El director estaba muy enojado con Jorge.

—Nosotros no podemos trabajar con monitos que no nos hacen caso— dijo—. Por supuesto que ya no tomarás parte en el espectáculo. Tendremos que mandarte a casa.

Jorge se fue a sentar solito a un banco y, para colmo, nadie lo miraba. Se sentía terriblemente apenado por lo que había hecho pero ya era demasiado tarde. Había echado todo a perder.

Entre tanto, el avestruz, hambrienta como siempre, había conseguido apoderarse de un cordel que colgaba cerca de su jaula. Era una cuerda que sujetaba la puerta de la jaula del osito. Mientras el avestruz la halaba con su pico, la puerta se abrió y el osito salió.

Se escapó tan pronto como pudo,
y fue directo a un árbol alto
cerca del campamento.

Nadie lo había visto,
excepto Jorge, y se suponía
que Jorge no podía moverse
del banco. Pero se trataba
de una emergencia, así que se
subió de un salto, agarró la corneta y sopló tan alto como pudo.

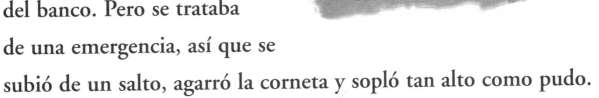

Luego se fue de prisa
en su bicicleta.

Los hombres habían
escuchado la alarma, y primero
pensaron que Jorge había hecho otra
travesura. Pero cuando vieron la
jaula vacía y al avestruz picoteando
la cuerda, se dieron cuenta de lo
que había ocurrido.

Jorge fue a toda prisa hacia el árbol, dejando atrás a los hombres.

Pero ya el osito había subido demasiado alto y esto resultaba peligroso porque los ositos pequeños pueden subir un árbol fácilmente pero bajarlo es mucho más difícil;

ellos pueden caerse y lastimarse. Los hombres estaban preocupados. No sabían cómo bajarlo de una manera segura. Pero Jorge tenía un plan:

38

con su bolsa al hombro, subió al árbol tan rápido como sólo
un mono puede hacerlo y, cuando alcanzó al osito,

lo puso dentro
de su bolsa y lo
dejó caer con
cuidado para que
los hombres lo
pudieran agarrar
con seguridad.

40

Todos aplaudieron cuando Jorge bajó del árbol. —Eres un monito valiente —dijo el director—, le salvaste la vida al osito. Ahora tendrás otra vez tu chaqueta y por supuesto que podrás montar tu bicicleta y tocar la corneta en el espectáculo.

Finalmente, llegó el
momento del espectáculo.
Todo el pueblo había
acudido, ¡y cómo se sor-
prendieron al descubrir

42

a Jorge en su bicicleta, justo en
el medio de todo! El vendedor
de periódicos estaba allí, y
estaba también el hombre
del sombrero amarillo

que había estado buscando a Jorge por todas partes y estaba feliz de haberlo hallado por fin. El vendedor de periódicos se alegró de recuperar su bolsa y la gente del otro lado de la calle cuyos periódicos Jorge había convertido en barquitos, ya no estaban enojados con él.

¡Jorge!

Cuando llegó el momento de que Jorge dijera adiós, el director
dejó que se quedara con la chaqueta y la cachucha y la corneta.
Y entonces Jorge y su amigo se montaron al carro y se fueron...

¡A CASA!

good Night !